拾樱·春衣

崔　玫◎著

哈尔滨工程大学出版社
Harbin Engineering University Press

图书在版编目（CIP）数据

拾樱·春衣 / 崔玫著. — 哈尔滨 ： 哈尔滨工程大学出版社，2020.4
ISBN 978-7-5661-2521-7

Ⅰ．①拾… Ⅱ．①崔… Ⅲ．①诗集-中国-当代 Ⅳ．① I227

中国版本图书馆 CIP 数据核字（2020）第 063858 号

选题策划	葛 雪
责任编辑	王俊一 葛 雪
封面设计	李海波

出版发行	哈尔滨工程大学出版社
社　　址	哈尔滨市南岗区南通大街 145 号
邮政编码	150001
发行电话	0451-82519328
传　　真	0451-82519699
经　　销	新华书店
印　　刷	哈尔滨市石桥印务有限公司
开　　本	880 mm×1 230 mm　1/32
印　　张	3.875
字　　数	65 千字
版　　次	2020 年 4 月第 1 版
印　　次	2020 年 4 月第 1 次印刷
定　　价	49.80 元

http://www.hrbeupress.com
E-mail:heupress@hrbeu.edu.cn

目　录
CONTENTS

chapter 3

酿桂·秋岚

chapter 4

煮雪·冬吟

chapter 5

醉月·梦绮

chapter 6

归心·空宁

采薇 · 春曦

梨烟

烟锁楼台，
明月远山外。

香风阵阵弄冰钗，
芳菲何处来，
墙隅梨花开。

小城故事

你从烟雨里走来，
青丝惊扰了柳叶。

你侧脸，
绢伞碰上叮咚的瓦檐。
你低眉，
指尖轻掠带露的香蕊。

你微微一笑，
明艳了桃花，
恬淡了山水画卷。

数不尽的岁月，
望不穿的春水，
唱不完的流年。

我目送，
你在霭霭薄雾中走远。

而你的脚步声，
依旧回荡在江南小城的深巷。
似呼吸，
又似你温柔的眼眸，
流转，明灭。

念奴娇

小楼银钩轻帐，
绯衣璎珞浅妆。

冰弦蹦指下，
芙蓉花开鬓旁。

谁在弹唱？
余音绕梁，
指尖撩弄月光。

初试一曲《念奴娇》，
风吹树影摇。

樱时

你终于睡着，
当青空落下蒙蒙的樱花雨。
那些有你相伴的深深浅浅的记忆，
纷纷化作香泥。

你是早春坚强的露水，
孕育着一整个冬天的奇迹。
我们在人世相逢，
相逢却是别离。

一段未央的梦，
梦若晨风飞向天际，
你的音容在风的尽头散去。

点绛唇·落英

一夜乍暖香影老，
知是春光少。
南风飘飘，
细雨潇潇，
残蕊挂梢。

几点飞花绿茵绕，
枝头朱红小。
辞柯悄悄，
落英杳杳，
催人泪掉。

早春莺语

晨风破晓细雨飘，
潇潇洒满青石道。

又是一年春来早，
春来早，
绿了去年草。

双燕归来外婆桥，
桥下海棠笑，
人面桃花不争俏，
却道江南好。

江南好，
一点飞鸿檐角，
两声莺歌柳梢，
三枝红杏墙外绕。

如梦令·春半

雨打芭蕉叶乱，
风吹海棠枝弯。

江南春已半，
满庭落红芳残。

把盏，
把盏，
怎敌他乡夜寒。

烟雨小城

我踏进烟雨城的小巷，
仿佛穿梭时光的走廊。

垂柳依依，
芳草成碧。

高高低低的马头墙，
古塔檐角的铃铛叮当作响。

兰花蜿蜒成小溪，
炊烟亭亭宛如婀娜的少女。

岁月在这里静好，
浮生化作一江春水，
潺潺流淌。

我走过石桥，
走过岸堤，
走进黄昏的雾霭。

曾经发生的故事，
就像我们这些匆匆过客，
终将被光阴遗忘。

而我不会忘记，
这片尘世外的天色，
水车声与草木香。

云低碧空远，
梦浅回忆长。

玉屑霞影

落日染红篱笆，
暖风拂绿新芽。
谁的面颊，
笑颜绽放，
婉约如画。

粉蝶扑玉蕊，
桃花映彩霞。
梦里寻她，
杨柳深处，
相思树下。

春衣

若江南下雨了，
樱花会落满窗前。

若推窗相望，
风会悠悠伸出手，
温柔轻抚我的长发三千。

终于又戴上叮当璎珞，
着一身春衣翩跹。

执梨白纸伞，
草染绣鞋，
移步生烟。

兰雨倾城

一夜香兰雨，
倾城绿柳风，
半池春水半生梦，
心似涟漪朦胧。

我欲与风同醉，
化蝶轻舞兰蕊，
无心入梦惊扰谁，
人间处处烟花飞。

采薇·春曦

人面桃花

一亩稻田，
十里炊烟，
春草碧连天。
四月小雨细如绵，
洒落曾谙香径前，
石阶边。

几点残红绕秋千，
飞入去年院。
朱户轻掩，
天涯何处人面，
风吹杨柳亦无言。

提灯踏香雪

樱花树下有小仙，
提灯笼，
醉流连。
幽谷清风，
莲步踏香雪。

星疏月正浓，
素影镜湖中。
青丝未挽，
烟眉懒绣，
唯有琉璃藏眼底，
笑望彩云动。

空城樱花

三月的武汉，
樱花盈盈初绽放，
似少女青涩的笔记般天真烂漫。

风捧起她的面颊，
给她一串亲吻。

花儿不说话，
她在想念树下的行人。

熏风 · 夏语

花未眠

月落屋檐，
恰照中庭梨花雪。

淡香轻似梦，
七分嫁东风，
三分倚别苑。

闲来弄冰弦，
锦瑟似华年，
流光弹指一挥间。

昨日浅草小轩，
今宵流萤卷帘，
明朝金桂满深涧。

梦江南·琉璃屋听雨

慵睡起，
倚听帘外雨。
碎琼乱玉倾盆撒，
大珠小珠落琉璃，
涟漪开满地。

花园暮色

花园暮色里，
女孩的雪纺裙被风吹起，
大朵大朵的云争相远去。

墙上是流动的光影，
栀子在窗台盛放，
水晶碗中的樱桃鲜红欲滴。

一场突如其来的雨，
雨很快就停。

梦之旅

摊开手心，
花瓣铺落一地。
轻摇桨木，
烟波漾起涟漪。

细浪低语，
归鸟栖息。
天使睡在晚舟里，
满载甜的回忆。

荷月

鱼儿游，
绿水流，
谁家姑娘莲叶后，
垂腰采荷藕。

微风拂柳，
草高积云厚，
暗香袭人挂枝头，
思念满载船悠悠。

鱼儿游，
湖水流，
谁家伊人纱衣袖，
面朝远方，
轻轻挥手。

霓虹晚妆

夕阳离开城市尽头，
云彩褪去了腮红。
星星全都落到地上，
霓虹一颗一颗闪耀。

桃源一梦

云深梦浅，
似我微醺的红颜。
醉梦苦短，
诉不完人世间的桑烟。

我有一座桃花源，
小荷初开，
芦苇摇曳，
一阵风揉碎一池镜花水月。

谁乘风而来，
落定了尘埃。
时间若是走累了，
请你在此稍歇。

邀流年曼舞，
教相思无邪，
浮生落笔江南一页。

凝墨处，
烟雨褪尽，
自在逐花蝶。

流年树

花滟滟，
蝶翩翩，
流年树下，
谁躺在绿荫间，
痴痴地望天。

谁种下的心愿，
谁荡过的秋千。
雨涟涟，
草芊芊，
流年树下数流年。

醉花荫

扬花时落时飞，
画帘半卷半垂。
谁家小姐倚芳菲，
红腮柳叶眉。

青丝散鬓边，
金钗摇欲坠，
撞落些些海棠蕊，
不理会。

长廊无故十八回，
酒醉人不醉。

东风·梨花·雨

小楼昨夜雨，
尽数玎玲碎。
杳杳东风影，
点点梨花泪。

扬州唱

山外青山楼外楼，
楼外之人倚兰舟，
红杏插满头。

一舞清风依依柳，
几弄冰弦纤纤手。

唱遍扬州，
歌尽千秋，
烟花依旧，
且把香蕊嗅。

酿桂·秋岚

微雨红尘

（一）入梦

月光濡湿青石板路，
鸟儿停下枝头的欢歌，
栖落在东边的梧桐树。

羽毛轻抚过夜色，
留下两行温柔的凝露。

（二）微雨

晚风送来一片云，
它悠悠降落的声音，
仿若安眠的呓语。

银丝纷飞潜入夜，
小院梦已深。

酿桂·秋岚

（三）红尘

凉夜褪尽，
朝雾渐起，
曦光勾勒出楼宇的轮廓。

远山同光阴般静默，
近处的城市如烟缱绻，
睡意蒙盯眬。

紫薇花悄悄从风中醒来，
在飘着雨的初秋清晨。

七里香

烟笼钱塘，
月洒轩窗，
人倚兰舟唱。

云屏纱帐，
羽衣霓裳，
碧江茫茫。

流光总把往事酿，
花开荼蘼七里香。

麦田守望者

麦穗在田间摇曳，
浸沐着暖风，
思考金色的梦想。

村落的中央，
青瓦白墙，
半敞的玻璃窗。
可曾有人颔首远望，
那硕果累累，
沉甸甸的山岗。

枯萎的老树，
不知何时，
结出了明亮的满月。

月亮微笑着，
星星在月光里清唱。
孩子们睡着了，
不再吵闹要糖。

梦里的夜色，
夜色里的水乡，
稻草人依然在工作。
守护丰收的麦田，
守护一年又一年，
不老的希望。

闲庭花落

月圆月半，
浮生荏苒。
风来雨过终无影，
云起云又散。

小径几瓣香，
秋草一点寒。
此心此时无牵绊，
闲庭桂花落满衫。

秋山行

携露入深林，
寻迹昨夜雨，
草香欲袭人，
骊歌乘风去。

行者一路谈笑声，
木叶一路沙沙语，
不觉雾湿衣。

秋已深，
冬渐逼，
然层林不改苍翠，
群峦难易黛青。

崖前立，
观朝阳出谷，
乾坤万丈红金。

刹那浮云散尽，
天地无垠。

碧水千秋

悄然而至的，
还是那芊芊瘦苇的剪影，
还是那朵朵落红的余香。

雁去秋来，
草黄霜也凉。
只留得，
一湾碧水载千秋。

渔舟唱晚

秋水漫长，
日暮西山岗。
忽闻水上渔歌唱，
如沐夕光。

小船儿摇晃涟漪荡，
风烟轻扬，
柔橹轻扬，
不怕江风湿了衣裳。

烟霭茫茫，
下潇湘。

寂寞的季节

一滴清墨，
浸染在宣纸上，
划出了伤痕。

几抹嫣红，
点缀在绿丛中，
绽放了凄艳。

微风拂过，
摇晃着窗棂外的疏星。

寂寞的季节里，
你的背影，
瘦成一弯幽柔的残月。

浮云暮

浮云遮斜阳，
秋深万里霜。
何处是武昌，
日暮远山长。

秋实

秋天的风，
吹来夕阳的颜色。
层林尽头，
楼宇勾勒。

乘时间的车，
去往季节深处。
你浇灌过几朵，
便收获几颗。

酿桂·秋岚

眼儿媚·明月心

寒塘幽静，
夜凉风紧湖心亭。
一亩莲叶，
几渡沙鸥影。

冷华婵娟，
不是葬花意。
天边云，
水里残星，
谁知明月心。

流香往事

夜初上，
星幽凉，
何事倚轩窗。

独自凭栏莫怀旧，
怀旧易成伤。
一寸秋光一寸寒，
无心绣鸳鸯。

远山淡如烟，
菊花满城又一年。
岁岁流影香，
朝朝暮暮人无恙。

煮雪·冬吟

时光冰川

把短暂装进沙漏，
把漫长凝成琥珀，
把大雪纷飞的日复一日，
封印作冰川。

时间是这世上，
最终极的魔法，
它能带走万物，
也将重生一切。

光阴所到之处，

种子会结为果实，

风雨会化作晴空，

苦涩会酿成美酒，

爱会催生无所不能的力量。

历史的长河奔流不息，

若是走得足够久，

每一声呼唤都能听见回响，

人们终将不带遗憾地向前。

雪中莲

你对我微笑，
隔着世俗的尘埃，
睡莲般的笑容，
忽然绽放在雪花尽头。

凉漪结出冰花，
时间也心甘情愿地，
停驻匆匆的脚步。

只剩下温柔，
在寒天中起舞，
当风吹起你发丝的时候。

寒梅颂

一剪寒梅，
几弄严冬。

暗香冷艳飞雪中，
不与红杏争春宠。

引来墨客无穷，
千古赞颂。

一枝独秀，
几度霜风。

在水一方

谁把芊芊瘦苇插遍思念的河床，
谁把皑皑白露涂满缠绵的细浪。

吹不散的迷雾，
忘不断的清霜，
谁的目光轻轻覆盖上谁的霓裳。

谁把重重青山描摹在烟波上，
谁的匆匆步履遗留在草茵旁。

谁顺流而下，
谁在水一方，
谁的背影渐渐模糊了谁的凝望。

煮雪·冬吟

梦江南·月怜

月幽咽，
凉风天地吹。
欲借云纱遮憔悴，
粉饰离别断肠悲，
泪眼成星辉。

危崖苍松

几米葱茏，
屹立泰山顶峰，
形似卧虎飞龙，
稳如铜钉金钟。

笑傲长空，
啜饮八面来风，
纵观惊变无穷。

望天下英雄，
谁与争锋？
危崖苍松，
不与宠柳同梦。

断桥残雪

断桥卧湖面，
残雪照暮年。
三潭锁烟波，
映月藏水间。

住在云里面

我又回到这里，
像回到一个未完的梦境。
风落雾起，
水烟四散，
轻柔而婉转。

很久很久以前，
必定有一朵迷路的云，
坠落人间，
流连忘返。

煮雪·冬吟

有时候，
阳光淡如遥远的记忆。

有时候，
星星在看不见的夜色里，
窃窃私语。

我绕过层层街角，
走过的路消失在身后。
遇到的风景，
相似而不同。

尘世不再有烟火，
繁花亦落尽。
我们的故事被风带走，
一如那些炎炎夏日，
在飘雪的季节被忘却了。

可不可以摘下浮华的假面，
让南风吻脸。
我不要谁的过去，
谁的未来。

只愿这一刻，
在云居住的城市里，
让心安眠。

醉月 · 梦绮

沙之臆想

在呼啸而过的风声里，
在云朵撒下的巨大阴影里，
在耀眼的流沙旁，
我邂逅温柔的驼铃。

天空蓝得让人失语，
在梦里，
在无边无际的幻想与禁锢里，
我的灵魂渐渐陷入沙海的香气。

醉月·梦绮

时光如果定格，
便定格在这样的时刻。
时光如果蹉跎，
便蹉跎成河。

岁月落差成无法跨越的天堑，
左岸是年少青翠，
右岸是历史沧桑。

我突然渴望老去，
用一生追溯你神秘的过往。

遇见

月光斟满琥珀色酒杯，
夜不小心醉了，
倒影在江心摇曳。

风不小心睡了，
小船在码头停靠。

云不小心累了，
繁星在雾里微笑。

我不小心遇见，
你一衣带水的温柔。

醉月·梦绮

我是你的梦境

你静静入睡，
于是我悄悄来了。

夜色正美，
繁星灿烂。
我走过千山万水，
月华洗净满身风尘。

我想跳舞，
想念诗，
让睡梦中的你，
露出好看的笑颜。

向往天空的高远，
我用云朵编织一对羽翼。
尘世若太劳累，
让我为你种下一片桃花源。

我知晓通往秘密花园的小径，
我会把烟火变成五彩流星，
你若想听故事，
我就讲一个春暖花开的故事。

我能满足你的一切幻想与憧憬，
只要你对我许愿，
因为，
我就是另外一个你。

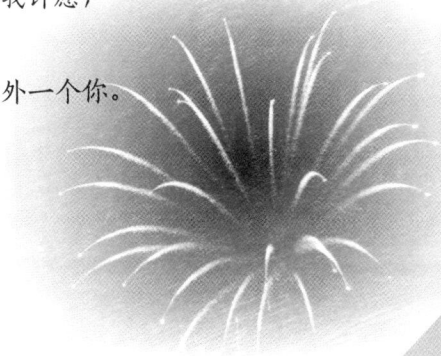

醉月·梦绮

幻城

虚空的城堡，
像一艘抛锚的船，
在尘世与梦魇的天边沉睡。

樱花伤逝，
红莲绽放。
世世代代的爱恨恩怨，
在生命的长河中，
仿佛一叶渺小的舟。

草长莺飞，
日升月沉。
千万年时光的轮回，
在岁月的尽头，
聚为一片浩瀚的海。

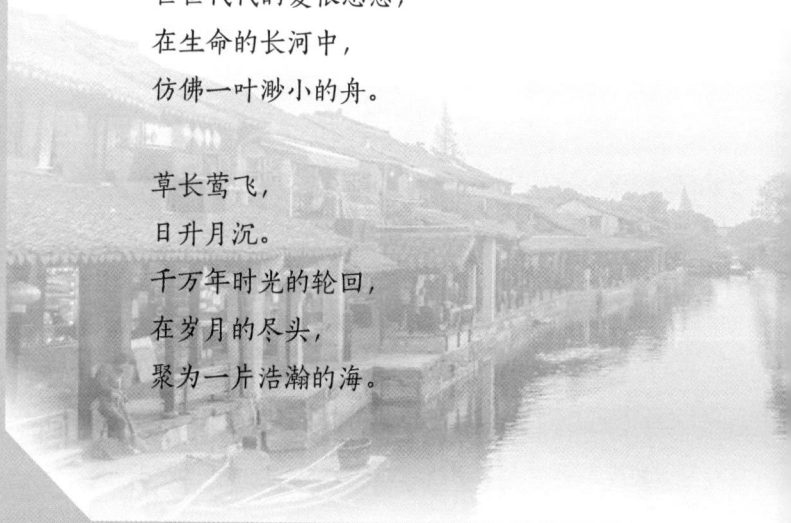

战场的刀光剑影，
朝代的更迭交替，
凝固成一个个喑哑的画面，
堆砌在历史的角落。

稍纵即逝的镜中花，
一晃倾城的水中月，
长眠在一颗颗沧桑的心里，
演绎着云飞雪落的故事。

繁华落尽，
如梦无痕。

心的二分之一

一弯清瘦的上弦月，
孤独地在枝头摇曳。

风来了，
星辉暗淡。

月光照见谁的心扉，
一半明媚，
一半枯萎。

草莓在树上开花

小时候爱做梦，
梦见草莓在树上开花，
红红的草莓果，
比抱枕还要大。

下课铃声，
变成音乐盒的第一个音符。
白云后面，
藏着天使的家。

老师宣布永远放假，
旋转木马，
带我去天涯。

破晓

启明星升起的时候，
月光在淡去。
最后一缕晚风吹过原野，
消失在秘密花园的尽头。

天空之下，
所有的灵魂都在等，
等那个时刻来临。

醒着的即将睡下，
沉睡的即将苏醒。
一切都结束了，
一切又开始了。

初见

玉指银针，
绣不完的前世今生。
古檐皓月，
照不见的深闺美人。

你若拈花，
雁会落，
鱼会沉。
你若描眉，
六宫红颜褪尽脂粉。

醉月·梦绮

我举杯痛饮，
饮不够你冰心酿作的思念。

思念太浓，
我甘愿一世沉醉你倾城的笑容。

满庭芳华，
怎及你惊鸿一瞥。
弱水三千，
只恋你回眸望进我生命的瞬间。

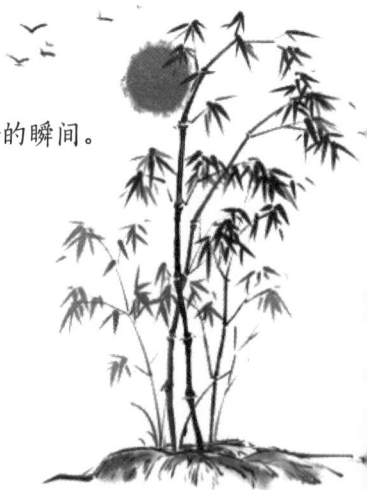

午夜演出

月光被星星撞碎，
哗啦啦地撒向大地。
迎风摇摆的苹果树，
在秘密花园起舞。

娇艳欲滴的玫瑰，
排列成唱诗班的队伍，
大人们有节奏地打鼾，
草丛里的小虫随声附和着。

唯有猫头鹰睁大双眼，
一动也不动，
它是这场华丽演出，
唯一的观众。

醉月·梦绮

宿命

我从生命的昨天醒来，
一樽酒温热了季节的沉默。

一串早开的丁香，
几只归来的雨燕，
一声呢喃，
或一语轻叹，
是什么惊扰我千年的清梦。

昆仑墟的天空，
射日的英雄，
温柔的紫木弓。

洪荒太遥远，
萤火已化作星辰。

我们的故事流淌成银河，
照耀着后来的人。

我在命运的时隙间辗转，
沉眠。
而你坠入红尘，
经历了几世烟火。

你是否依稀也在等待？
等待中谁遇见你，
与你共消流年的寂寞。

等待中我们浪费了太多时间，
我要拥抱你整个世纪，
陪你走完岁月所有余下的段落。

当冬日最后的风散尽，
我会在春花烂漫之处，
笑着与你再次相逢。

醉月·梦绮

永夜的微尘

永远有多远，
夜就有多漫长。
清醒太久，
不如把幻想酿成月光，
饮下这令人微醺的温柔。

当我开始在云端做梦，
请别让尘世的喧闹将我吵醒。
梦里我骑着风，
携灵魂去远行。
寻一个开满薰衣草的山谷，
芳香之中尘埃落定。

百年孤寂

一灯如豆，
烛光静静摇曳。
镜中苍老的容颜，
写满思念。

昙花曾绽放得那般陶醉，
于是奢侈地挥霍了时间，
挥霍了青春，
挥霍了骄傲。

醉月·梦绮

087

换来寂寞的灯火，
和惆怅的晚风，
换来满头剪不断理还乱的银丝。

回不去的，
是迷失在记忆里的风花雪月的夜晚。
盼不到的，
是百年孤寂后的灰飞烟灭的重逢。

幽谷梦呓

许多年后，
我葬在这里。

洛河畔，
青草萋萋，
落蕊吐芳，
我的墓前开满白色的蒲公英。

夜幕降临的时候，
我变成了精灵。
月光从树缝间流向大地，
化作一行仙语。

我的躯体早已腐烂，
思想依旧年轻。

山谷的风吹过，
前尘往事如花瓣般，
轻轻穿越，
我微笑的灵魂。

今夜属于浆果，抑或爱情

喀斯特平原的风，
唤醒冬眠的桦树林和浆果丛。
冰雪离去的脚步匆匆，
像神秘动物的足印般消失无踪。

金质鸟笼旁格鲁姆低声吟诵，
龙鳞炉珍藏着永不熄灭的火种。
又到了起锚远航的季节，
碧海与风暴在月之岛屿徘徊翻涌。

光阴是一段神话，
远古时代的记忆蛰伏于地下。
那是献给勇敢者的礼物，
暗夜迷宫里开满美丽的荧光花。

醉月·梦绮

把种子撒在道路尽头，
把蘑菇小屋标记为世界中心的灯塔。
天黑你会举着火把接我回家，
我想永恒不过是这一刹那。

注：纪念游戏《饥荒》。

归心 · 空宁

草甸漫步

起风了，
草地变成绵延起伏的青色大海，
浪花的歌声破空而来。

珍珠白的凉鞋，
像海藻间穿梭的贝壳。
野花似倒映的繁星点点，
轻轻摇曳不知年岁。

尘世在浮云尽头，
化作飞鸟，
就可以抵达。

半梦半醒时

生命的小船，
从无知的溪流，
颠簸着，
驶向成熟的海。

左岸是梦，
右岸是真实。
长大的日子里，
我们一直在半梦半醒之间。

时间的礼物

风儿不吹，
云也不走。

远道而来的飞鸟，
停泊在湖心岛屿，
收起雪白的翅膀。

芦苇轻轻摇了摇，
也沉默下来。

天地辽远而苍茫，
记忆繁华，
时间流淌。

繁华是周庄梦见的蝴蝶，
是精灵穿过的绿野，
是午夜美丽的昙花一现。

而记忆，
是时间赠予的永恒的礼物，
我随时准备带上它远走高飞。

如果有一天，
前方不再有路，
就让我们逆着时光的河流，
回到最初那含苞的岁月。

回忆之城

我曾走过，
你记忆门前的那条小河。

新月弯弯，
月茫淡淡，
我提着灯笼，
却不想寻找什么。

你或许能听见，
我的脚步轻柔仿佛夜色。

你在梦中睁开双眼，
那目光如风，
随我在这撒满落英的香径里梦游，
如同穿行在回忆的迷宫。

归心·空宁

回忆是座开满花的城，
每一片花瓣，
都藏着一段前尘往事。

你来过，
便会一点一滴地，
想起我。

绿衣红娘

桨，
轻扬，
碧荷旁。
璎珞霓裳，
泛舟莲塘，
盈盈女儿妆。

霜，
微凉，
秋叶黄。
绿衣红娘，
别来无恙，
潇潇烟雨巷。

流年似水

十年如一日的孤灯黄卷，
一日如十年的闭门打坐。

左手写满往事如澜，
右手轻抚年华似水。

我微合掌心，
逐日般虔诚。

语

语言是和平年代的刀光剑影，
是乱世的粉饰太平。
真真假假地遣词造句，
半遮半掩地表露心意。

语言是毒药，
亦是解药。
人们被话语所伤，
又用话语聊以慰藉。

语言是游戏，
是对弈。
有人口若悬河，
有人静静聆听，
沉默未必比呐喊无力。

归心·空宁

语言是消遣，
是自我催眠。
懂你的人无须说话，
一旦开口，
首先要说服的便是自己。

语言是泡沫，
是真实的空虚。
美好誓言终将随时光流走，
得以延续的是奇迹，
被遗忘的化成风。

语言是春雨，是冬阳，
是白雪、彩虹、月光，
是灵魂碎片，
最自然的一切。

而一花一叶皆是语言，
我用心读过，
世界的每一句话。

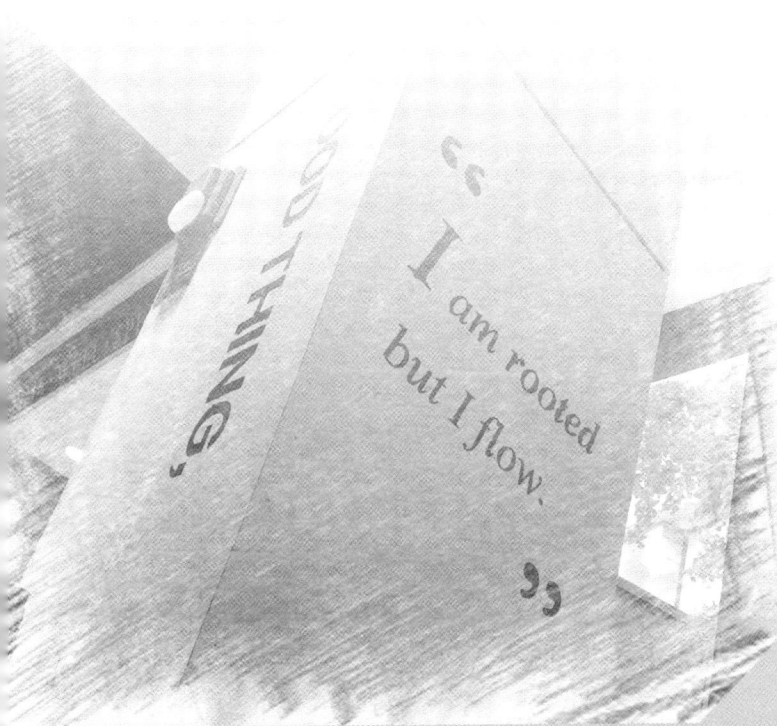

"I am rooted but I flow,"

OD THING,

如风

在人世冷暖中降临，
时间拉着我一路前进。

冬去春来，
雪融花开，
岁月长出一圈圈年轮，
老去的枯枝被新发的嫩芽代替。

我的裙摆掠过一条条河流，
常常被弄湿，
又很快被晒干，
沾染了阳光的气息。

我穿过无数座城，
每一座城，
都有一个故事。
我用心读过那些，
不属于我的悲欢离合。

我目睹过太多风景，
却仍惊叹眼前的美丽。
记得暴风雨时的黑暗，
数不清的忧伤眼泪划过身体的疼。

也记得吻一朵花时，
唇边的微笑。
那朵熟睡的花，
或许她的梦中会有一阵风。

我记得的不少，
忘记的更多。

我喜欢在蓝蓝的天空之下，
随白云一起梦游。
在满天繁星的夜里肆意奔跑，
大声唱着没人懂的歌。

我甚至不能算过客，
我只是一阵风，
无法停留，
也无从带走。

我的终点是天边，
那一道绚丽的彩虹。

花事了

流年漫漫，
岁月荏苒。
雁去雁回，
离人未还。

锦瑟冰弦，
续了又断，
樱花几度绚烂。

前尘往事似云烟，
随风渐远。
天知寒冷地知暖，
无人知晓是悲欢。

一场花事一场梦，
一片冰心一杯盏。
待莹雪再次飘落，
可有一人，
白首相伴。

丝绸之路

日复一日丝绸街，
年复一年黄沙野。
流云朵朵飞，
驼铃声明灭。

叮当，十月，
叮当，四月，
似曾相识明月。

归心·空宁

风栖长亭

天高流云淡，
风栖长亭晚。
独抱琵琶幽幽弹，
月出东海湾。

昨日随波去，
潮汐看不完。

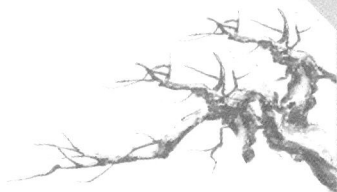

懵懂尾声

若说光阴似水，
我们的故事，
便是一首写在水面的诗。

当你陪我看过一场冬雪，
一季春花，
当我独自走完这繁华盛夏。

你曾赠予的诗般温柔，
将作为我懵懂的尾声。

归心·空宁